—Cymraeg —Sbaeneg—

Elen Benfelen
Ricitos de Oro

Ailadroddiad - Adaptación: *Arianna Candell*

Addasiad - *Emily Huws*

Lluniau - Ilustraciones: *Daniel Howarth*

I Elin Margaret Hogg a Matthew Andreas Hogg
oddi wrth Emily xxxx

Unwaith, roedd merch yn byw efo'i rhieni mewn pentref bychan ger coedwig fawr. Roedd pawb yn ei galw'n Elen Benfelen am fod ei gwallt golau yn sgleinio yn union fel aur pur. Dro ar ôl tro roedd ei mam wedi ei rhybuddio rhag mynd i'r goedwig ar ei phen ei hun, am ei bod yn beryglus iawn yno.

Érase una vez una niña a quien llamaban Ricitos de Oro, porque tenía un pelo tan rubio y resplandeciente que parecía de oro de verdad. Vivía con sus padres en un pueblecito cerca de un bosque. Su mamá le había advertido muchas veces que no podía ir al bosque sola porque era peligroso.

3

4

Ond un diwrnod braf, penderfynodd Elen Benfelen fynd am dro i'r goedwig fawr. Doedd hi'n poeni dim am hen beryglon. Roedd y llwybr igam-ogam mor ddel a'r blodau lliwgar yn ddigon o sioe. Beth am gasglu rhai i Mam? meddyliodd Elen Benfelen. Mi fydd hi wrth ei bodd.

Ricitos de Oro tenía mucha curiosidad y, a pesar
de las advertencias de su made, un día decidió dar un paseo
por el camino del bosque. Era un camino tan bonito…
tan lleno de flores de colores…
–¿Y si hago un ramo para mamá? –pensó Ricitos de Oro–.
Seguro que se pondrá muy contenta.

Wrth chwilio am y blodau harddaf, crwydrodd oddi ar y llwybr igam-ogam i ganol y goedwig fawr. Roedd hi ar goll.

Escogiendo las flores más bonitas,
no se dio cuenta que se adentraba en el bosque. De
pronto vio que había perdido el camino
que serpenteaba entre los árboles.
¿Cómo iba a volver a casa?

Dechreuodd Elen Benfelen grio. Roedd hi wedi blino a doedd hi ddim yn gwybod ble i droi. Yna, draw yng nghanol y coed gwelodd lecyn bach heulog. Aeth tuag ato'n ofalus iawn.

Ricitos de Oro se echó a llorar.
Estaba cansada y no sabía hacia donde ir. Entonces,
a lo lejos, entre los árboles,
vio que había un claro donde penetraba el sol.
Despacito se acercó.

Allai hi ddim credu'i llygaid. Yn y llecyn bach
roedd tŷ bach twt a mwg yn codi o'r simnai.
Codai'r arogl awydd bwyd ofnadwy arni.
Af i draw i sbecian i mewn drwy'r ffenest,
meddyliodd.

¡No se lo podía creer!
En aquel pequeño prado había una casita
con una chimenea que humeaba. Olía tan bien que le
entró hambre.
–Miraré dentro por la ventana –pensó–.

"Sôn am dŷ bach od," meddai Elen Benfelen. "'Sgwn i fedra i fynd i mewn?" Gwthiodd fymryn ar y drws ac agorodd ar ei union. Dyna fwrdd bach del! Ac arno roedd tair llond powlen o uwd hyfryd!
Am ei bod hi wedi blino, penderfynodd eistedd i lawr am funud cyn blasu'r uwd.

–Qué casa tan rara –se dijo– ¿A ver si puedo entrar?
Empujó un poco la puerta y en seguida se abrió.
¡Qué mesa tan bien puesta! Y... ¡qué platos de sopa!
Como estaba cansada decidió reposar un poco antes
de probar la sopa.

13

Roedd yno dair cadair: un fawr, un ganolig ac un fach.
I ddechrau, eisteddodd ar y gadair fawr, ond roedd honno'n rhy galed.
Yna eisteddodd ar yr un ganolig, ond roedd honno'n rhy feddal. Yn olaf, eisteddodd ar y gadair fach a doedd honno ddim yn rhy galed nac yn rhy feddal. Roedd hi'n gyfforddus iawn ond ei bod braidd yn fach. Wrth wthio i mewn iddi, dyma Elen Benfelen yn torri'r gadair fach.

Había tres sillas: una grande, una mediana y otra pequeña.

Primero se sentó en la silla grande pero era demasiado dura. Después se sentó en la silla mediana pero era demasiado blanda. Finalmente se sentó en la silla pequeña y no era ni dura ni blanda. ¡Era comodísima!

Ricitos de Oro rompió la sillita.

Roedd yn bryd iddi flasu'r uwd.
I ddechrau, cymerodd lwyaid o uwd o'r bowlen fawr, ond roedd hwnnw'n rhy boeth.
Yna cymerodd lwyaid o uwd o'r bowlen ganolig, ond roedd hwnnw'n rhy oer.
Yn olaf, cymerodd lwyaid o uwd o'r bowlen fach a doedd hwnnw ddim yn rhy boeth nac yn rhy oer.
Mmmmm … blasus iawn!
Bwytaodd Elen Benfelen bob tamaid ohono.

Llegó el momento de probar la sopa.
Primero probó la sopa del plato grande: estaba muy caliente. Después probó la sopa del plato mediano: estaba demasiado fría.
Finalmente probó la sopa del plato mediano y no estaba ni caliente ni fría: Mmmmm… ¡estaba buenísima!
Ricitos de Oro se terminó la sopa.

17

Erbyn iddi orffen bwyta'r uwd blasus, teimlai'n
flinedig iawn.
"Cyn chwilio am y ffordd yn ôl, rydw i am
orffwys am dipyn," meddai hi wrthi'i hun.
Agorodd ddrws y stafell wely a . . .

Cuando hubo terminado la deliciosa sopa
le entró mucho sueño.
–Antes de empezar a buscar el camino
de vuelta descansaré –se dijo–.
Abrió la puerta de una habitación y…

Roedd hi wedi dotio! Yr union beth!
Stafell wely lân, daclus efo tri gwely ochr yn ochr fel petaen nhw'n
aros amdani hi. Roedd un yn fawr, un yn ganolig a'r olaf yn fach.

¡Qué ilusión! Justo lo que necesitaba.
Una habitación aseada y ordenada con tres camitas de lado
que parecía que la estuvieran esperando. Una era grande,
la otra era mediana y la última era la más pequeña.

I ddechrau, aeth at y gwely mawr, ond roedd hwnnw'n rhy uchel. Yna aeth at y gwely canolig, ond roedd hwnnw'n rhy isel. Yn olaf, aeth at y gwely bach a doedd o ddim yn rhy uchel nac yn rhy isel. Roedd yn berffaith! Cyn pen dim roedd Elen Benfelen yn cysgu'n drwm. Tra oedd hi'n cysgu, daeth y tair arth adref.

Primero se metió en la cama grande pero era demasiado alta. Después se metió en la cama mediana pero era demasiado baja. Al final se metió en la cama pequeña y no era ni alta ni baja: ¡estaba bien! Ricitos de Oro se durmió profundamente. Mientras descansaba tres osos regresaban a su casa.

Roedd un o'r eirth yn fawr, un yn ganolig a'r llall yn fychan fach.

Aeth yr arth fawr i'w gadair a dweud mewn llais mawr: "Mae rhywun wedi bod yn eistedd ar fy nghadair i!" Meddai'r arth ganolig mewn llais tawel: "Mae rhywun wedi bod yn eistedd ar fy nghadair i hefyd!" Meddai'r arth fach mewn llais gwichlyd: "Mae rhywun wedi bod yn eistedd ar fy nghadair i ac wedi ei thorri hi'n rhacs jibidêrs!"

Un oso era grande, el otro era mediano y el otro era un osito pequeño.

El oso grande fue a su silla y dijo con una voz fuerte: –¡Alguien se ha sentado en mi silla!

El oso mediano dijo con una voz suave: –¡Alguien se ha sentado en la mía!

El oso pequeño dijo con una voz aguda: –¡Alguien se ha sentado en mi silla y me la ha roto!

25

Wedyn edrychodd y tri ar y powlenni uwd.
"Mae rhywun wedi bod yn bwyta fy uwd i!"
meddai'r arth fawr mewn llais mawr.
"Mae rhywun wedi bod yn bwyta fy uwd i!"
meddai'r arth ganolig mewn llais tawel.
"Mae rhywun wedi llowcio fy uwd i bob tamaid!"
meddai'r arth fach mewn llais gwichlyd.

Cuando miraron los platos de sopa…
–¡Alguien ha probado mi sopa!
–dijo el oso grande sorprendido–.
–¡Alguien ha probado la mía!
–dijo el oso mediano enfadado–.
–¡Alguien ha probado mi sopa y se
la ha terminado! –dijo el oso pequeño preocupado–.

Yna aethon nhw i'r ystafell wely.

"Mae rhywun wedi gwneud llanast o fy ngwely i," meddai'r arth fawr.

"Mae rhywun wedi bod yn gorwedd ar fy ngwely i!" meddai'r arth ganolig.

"Mae rhywun wedi mynd i mewn i ngwely i ac mae'n dal i gysgu yno!" meddai'r arth fach.

Cuando entraron en la habitación…

–¡Alguien ha deshecho mi cama! –dijo el oso grande–.

–¡Alguien se ha tumbado en mi cama! –dijo el oso mediano–.

–¡Alguien se ha metido en mi cama y todavía está durmiendo!
–dijo el oso pequeño–.

29

Deffrodd Elen Benfelen.

Roedd hi wedi dychryn pan welodd hi'r tair arth yn ei gwylio hi. Wedi'r cyfan, roedd ei mam wedi ei rhybuddio am y peryglon yn y goedwig, yn doedd?

Ond, diolch byth, roedd y tair arth wedi dotio ati am ei bod hi mor ddel a daethon nhw'n ffrindiau efo hi ar eu hunion.

Ricitos de Oro se despertó.
¡Qué susto cuando vio a los tres ositos que
la estaban mirando! Entonces se acordó
de los peligros de los que le hablaba su mamá...
Por suerte, a los tres ositos les pareció tan bonita
que en seguida se hicieron amigos.

Ond roedd yn rhaid i Elen Benfelen fynd adref
nerth ei thraed gan fod ei mam yn sicr o fod yn
poeni amdani. Dangosodd yr arth fach y ffordd
iddi fynd.
"Cofia ddod yn ôl i'n gweld ni unrhyw bryd, Elen
Benfelen!" gwaeddon nhw ar ei hôl.

*Ricitos Pero Ricitos de Oro debía regresar
a casa cuanto antes, pues su mamá debía estar
sufriendo mucho. El osito pequeño le enseñó
el camino para volver a su casa cuanto antes.
–¡Regresa cuando quieras, Ricitos de Oro!
–le dijeron mientras huía por el bosque.*

Pan gyrhaeddodd hi adref, roedd ei mam yn aros yn bryderus amdani. Cofleidiodd Elen Benfelen ei mam, a dweud wrthi fod yn ddrwg iawn ganddi fod yn anufudd. Addawodd na fyddai hi byth yn gwneud y fath beth eto.

Ricitos Al volver a casa, Ricitos de Oro abrazó a su mamá –que había estado esperándola muy preocupada– y le dijo que estaba muy arrepentida de haberla desobedecido y prometió no volver a hacerlo nunca más.

Sioe Byped y Tair Arth

Representemos la historia

Gweithgaredd
Actividad

Beth am adrodd stori Elen Benfelen gyda'r pypedau yma? Mae'n hawdd iawn eu gwneud.

1. Rhowch bapur copïo dros y lluniau yma o'r cymeriadau ac chopïwch bob cymeriad ddwy waith ar y cardfwrdd. Lliwiwch nhw. Yna eu torri allan. Beth am droi at un o'r lluniau o Elen Benfelen sydd yn y llyfr a'i gopïo a gwneud pyped ohoni hithau hefyd?
2. Glynwch y ddau lun efo'i gilydd ar y pren fflat. Gadewch iddyn nhw sychu

Atrévete a representar el cuento de Ricitos de Oro con estos títeres tan fáciles de hacer.

• Calca dos siluetas de cada uno de los personajes en la cartulina. Píntalas y recórtalas.
• Une las dos siluetas al bastón plano y déjalas secar.

Mae angen: Cardfwrdd gwyn, pensiliau lliw, glud, pedwar pren lolipop a siswrn.

Material: Cartulina blanca, colores, pegamento, cuatro palos de polo, tijeras.

Mwynhewch eich side!

¡Diviértete con tus personajes!

ELEN BENFELEN A'R DAIR ARTH

Ailadroddiad: **Arianna Candell**

Lluniau: **Daniel Howarth**

Addasiad Cymraeg: **Emily Huws**

Cyhoeddwyd a dyluniwyd yn wreiddiol gan
© Gemser Publications, S.L. 2008
El Castell, 38 08329 Teià (Barcelona, Sbaen)
www.mercedesros.com
e-bost: info@mercedesros.com

Cyhoeddwyd yn y Gymraeg
gan Wasg Carreg Gwalch

Rhif rhyngwladol: 978-1-84527-212-8

Argraffwyd yn Tsieina
Mawrth 2009

_3123831 _9_

Mae'r cyhoeddwyr yn cydnabod cefnogaeth ariannol Cyngor Llyfrau Cymru

Argraffwyd a chyhoeddwyd gan Wasg Carreg Gwalch,
12 Iard yr Orsaf, Llanrwst, Dyffryn Conwy, LL26 0EH.
Ffôn: 01492 642031
Ffacs: 01492 641502
e-bost: llyfrau@carreg-gwalch.com
lle ar y we: www.carreg-gwalch.com

RICITOS DE ORO

Adaptación: ***Arianna Candell***

Ilustraciones: ***Daniel Howarth***

Diseño y maquetación: ***Gemser Publications, S.L.***

© *Gemser Publications, S.L. 2008*
El Castell, 38   08329 Teià (Barcelona, España)
www.mercedesros.com
e-mail: info@mercedesros.com

ISBN: 978-1-84527-212-8

Impreso en China
Marzo 2009